U0074450

小鎮醫生的受刑人

吳盧稔　著

謹以本書獻給我最敬愛的父親

吳盧稔小傳

吳盧稔（一九五四－）台灣宜蘭人。國立陽明大學醫學系畢業，國立台灣大學法律系夜間部畢業。曾任職台北榮民總醫院癌症治療中心住院醫師，衛生署（現衛福部）蘇澳檢疫分所所長，三十一歲擔任高雄縣立（現市立）鳳山醫院院長，三十五歲擔任宜蘭縣衛生局局長，三十九歲辭職赴大陸投資。因不耐文化差異，返台後從事基層醫療工作，執業於宜蘭市。閒暇熱愛金融投資達二十年。今年四月因開始在臉書發表幾篇文章獲親友鼓勵出書。五月一日起開始涉獵第一本詩集，邊自學邊寫作，至七月底共閱讀近七十本，完成新詩四十餘篇集結出版。大學時期在校內投稿獲小說獎第二名，散文校長獎，另曾獲年級書券獎。雖近年投閒置散，但老驥伏櫪，志在寰宇。愈老愈衝，自許大鵬晚嘯。

目次

遇

於是我們共撐著一把小傘
春雨偶或敲在臉頰冷冷的絲
如淤在心頭的一團塵鬱
是小菁的笑靨織張的網罟
你只是無力抗拒綑綁的蛹
瘦削的黃昏使吳興街
蜿蜒如細蛇般綿綿無盡頭

這個周末有兩天假，去登山如何
在山上紮營過夜，她說
『和妳男友去就好，我去怪怪的』
何況你討厭爬山，且她和男友三人又是同班

回想起年初，你和小菁申請到洛杉磯的
某大學醫院當交換見習醫師
只是一在內科一在外科平常難得碰頭
你們租屋在相距不遠處的黑人區
她的男友則申請去了德國
假日她常去找你，帶點超市買的小菜
治安不好的理由她多次過夜不走
僅只一張單人小床一張棉被
你辛苦的避免漩入三人的曖昧關係
反正在台灣時她都是大哥大哥親暱的叫著
開會時經常主動挨到你身邊
不時拿些家鄉媽媽做的點心給你
你有時動搖想把話挑明
但一想到外型遠不及她男友
怕多半表錯情話都只到喉嚨
捺熄情火如萬蟻在肌膚搔鑽

她和舊日登山社同學去了那次的遠行
男友並未同往
回來後生了一場病，之後休學了
後來聽同學這麼說的
你的心湖潮起潮落翻湧過
畢竟不是男友，只有塵封往事吧

那日昏眩的夏天午後
你昇了一個年級
輪調在急診室當實習醫師
一個疑似心房撲動的病人
心臟酵素不斷升高
會診了心臟科

大哥，病人在哪床
急診室走道也擺滿了病人和家屬
你領著那位心臟科專科醫師
來到會診病人床邊

方纔那聲大哥多麼熟悉
不經意睇了一眼
小菁，怎麼是妳
幾乎失態驚呼
胸前名牌確實是俞小菁醫師
一樣的陽光俏麗淺淺帶笑的酒窩
只是多了點成熟風霜

大哥，我們見過嗎？
禮貌但有距離的問

你清楚知道，這是你的今生
擦肩而過的
莫非是她已走到的來世
或則面前的她
才是她的前世
你囁嚅著半晌回不出話來

黑暗

而黑暗中有沉思的快樂
冥想是必要的
蹲踞在陰影中丈量光明
更清晰的審視心的斗室
發現心牆其實也是矮的
腳跨過去就是
澄亮翠綠的曠野

而我只是踝踝天涯獨行
朝宿命的驛站方向
緩步移動的龜
夜黑行軍降低很多風險

把頭一縮獅子固然其奈我何
狡詐的蒼鷹會把我們
攫往高空摔落一而再的
直到殼開肉綻
這時也都呼呼睡去

黑暗中更襯托光明遠大
認識理解親近她
在堅固如岩石的月色中
昂首眺望遼遠微曦的地平線
踩著堅定的步履——
不需縮頭

受刑人

來到這所監獄
特約看診幾天了
受刑人背上扛的罪
不外乎侵害國家，社會，箇人三種不同法益
侵害國家法益的刑最重
我視之為良心犯
身軀的萎頓藏不住
眼神的堅毅
面對他們就診
總覺得像前世受苦的家人
不禁微微起身
內心的感佩夾雜著疼惜

國家只是統治者的暴力工具
名號只是虛無的圖騰
箇人家庭的幸福才是唯一的真理
不義的政府勇者抵抗
怯懦如我駕一葦扁舟
乘桴浮海當個地球公民
氣根也是根
泥土無關乎故鄉
鄉愁只是詩人喃喃無聊的囈語

侵害箇人法益的犯者（患者）
如偷竊搶奪強姦
我也不敢怠慢歧視
想想自己也曾犯了刑事上的罪
只是運氣較好未被舉發定罪

不論檻內檻外
我只是個可自由活動軀體
的心的囚徒
審判日到來時
上帝面前
我恐罪昇一等

面對他們
我以重刑犯看小咖的心情
親切面帶莞爾的招呼：
請坐！

戰鬥頌——六十自壽

戰鬥！戰鬥！戰！
不甘當失敗者的人們
起來！起來！起來！
不願被壓迫的人們
覺醒！覺醒！覺醒！
喚起你沉睡的靈魂
敲響你垂死的鐘鳴
人生已到最危險的時刻
再不奮起前方就是懸厓
今生若未完成
我們的奮鬥必能
實現在來世輪迴

為了勝利可以屈膝轉進
氣長求存不妨忍辱偷生
敵友墳前終能高奏凱歌

高舉熊熊的火炬
燃燒圍困的黑夜
挺起腰桿槍砲上膛
知足常樂是統治者的糖衣毒藥
轟掉！轟掉！轟！

不要懷疑自己能力
世人智能相差無幾
發掘所長拼鬥到底
不必學人流行爬玉山
定要征服心中聖母峰
不懼嚴寒酷熱

無畏砲火四射
積極樂觀戰鬥
自己超棒永不動搖
肉身縱然即將消逝
靈魂接引落實來生
堅定思想和行動的大旗
前進！前進！進！

我，非我

我拖著疲累從拍片廠回家　步行在小巷覺得飢腸有些轆轆
黯淡月色中　前方垂頭路燈旁有一麵攤　我點了兩盤冰冷小菜在沮喪
暈黃燈光下喝起悶酒
演了六十年不斷賣力　卻走不出泥沼　好像愈是用力愈加陷深
嗟嘆起上帝不願發給一副好牌
幾醺，雲霧將菜桌有些輕抬　晃動中我的影子拉長浮立眼前，不安的
囁嚅：該攤牌了，編劇和導演有話說。
俄頃，兩位分別和不同年歲時的我外型面貌很像的人沉重的端坐面前：
你不是你，你只是你人生故事中的主角；真正的你是我和導演。
編劇像在繞口令：（分明我是我呀）
每個人一出生，就以肉體在演一生的戲；劇本都是造物者事先寫好
的，故事的內容情節，多半依照個人在喜怒哀思悲恐驚和生死耳目口

鼻七情六欲的染色體基因分佈上預定好的。編劇只在你表演列車的轍痕脫軌，或其中較有覺悟的我們，想提升故事的精彩度時，才出面改編；當然導演是改變力量的推手，沒有他們就沒有行動，只是導演們多半嗜睡，就算編劇有心，要導演動，非有大悟不可

你演了大半生，總像薛西佛斯，雖用力推巨石上山，卻每次欠缺臨門一腳，又被巨石輾了下來，徒勞而無功。努力常被誤為用心，用心是把膿瘡刨淨疏濬，不是鋸箭圍堵；思想要廣挖深掘，對立激辯，尋階統合。

編導才是真正的你，對於演員肉體的你來說，我們是靈魂的你，永生的你，善的你；我們願燃亮你的光，但我們也需不斷學習和冥思才能提高光源，讓你的人生篇章璀璨亮麗

那麼你們是頭顱，我不過是四肢，受擺布的道具囉。我執拗的抗拒，好像有掀桌

次日酒醒我匆匆趕赴拍片現場

兩個保全將我架住，說我不再是演員。爭執拉扯中，場內有個很像孿生的我，已取代我的角色。我真的非我嗎？

脫衣舞孃

懷一個希望懷一個夢
枯樹默默抽出嫩芽
漫漫嚴冬就快盡頭了
春天的氣息已悄悄傳遞
脫吧，脫吧，勇敢的姊妹們
我們是奮力掙開腳鐐翱翔青空的飛鳥

懷一個希望懷一個夢
無助的家庭破碎的童年
我們擠身棲豢在這個樊籠
抖動堅挺的乳房搖晃豐翹的雙臀
一開一闔，一開一闔

勾攝千百雙蛇眼慾焚的搜索底褲內的秘密
脫吧，脫吧，勇敢的姊妹們
我們是奮力甩掉桎梏翱翔青空的飛鳥

螻蟻就該淹溺在溪流？
落葉一定掩埋在糞土？
千百條吐信遊走在我們滑膩的肌膚上
一寸一寸貪婪的吮吸舔舐
我們任人摩挲撫觸但不准踐踏進入
起來，起來，披上盔甲　劈開雲霧
將禁錮我們的黑夜射殺

懷一個希望懷一個夢
戴上面具藏好眼淚
熱情歡笑帶動氣氛
小費源源的塞進胸罩內褲

脫吧！脫吧！勇敢的姊妹們！
我們是御風振翅翱翔九霄的飛鳥

蕁麻疹

你養著一批
地底的火爆戰警
異形登陸或滲透地表
他們的嗅覺遠勝最靈敏的獵犬
扣動板機瘩瘩瘩瘩
發射化學彈微小的脈管膨脹起來
篩孔的閘門打開
戰警蜂擁馳赴圍剿
展開抗原抗體的殊死拼鬥

地表上出現紅紅白白的塗鴉
有時降落幾艘扁平水型飛碟

癢癢癢癢癢癢癢癢癢癢癢癢
非得掀開地表探個究竟不可
甚至抓個玉石俱焚吧

但不到一天像個快閃族
突然銷聲匿跡
卻一陣風又君臨天涯某處
反覆騷擾直到心滿意足

這些異形是天地六合
各擁來頭的夢魘——
陽光冷熱海鮮蔬果
甚至馬桶
無所不在的撒旦
但靦腆的告訴你
多虧他

我的生活大受改善

我是降伏他的驅魔人：

小小的小鎮醫生

蒲公英

我們很矮
開著不起眼的花
沒有桃李嬌豔　不如玫瑰芬芳
蜂蝶很少來臨幸　我們很認命

為了生存
敏感的嗅出春的氣息　熾張繁殖的渴望
風的腳步一來　我們像傘兵特種部隊　爭先恐後撐開小白傘
在空中自由遨翔　滿懷希望
不斷的互打旗語　排演安家落戶的錨點　我們不挑
路邊田間山坡溝谷荒地庭園

散播情欲　我們熱吻大地
如受精卵降落子宮　深深的緊緊的抓著不敢鬆懈

為了生存
我們快速複製努力提高身價
投機的美德　體察人類是地球的主宰
拉攏迎合　從頭到腳毫無保留的裸裎獻身
不論外敷或內服
醃漬涼拌　抄煮煎炸
咖啡或茶飲
洗刷雜草入侵者的汙名
得到更多關愛的眼神

為了生存
把握短暫生命　沒時間嘆息哀怨

孜孜的開疆拓土　實踐人類古老名言：
我見我來我征服
無愧的面對祖先
青勝於藍

齊瓦哥醫生

孤燈下伊獨坐愁裡
惡雪初霽　風蹀躞浪漫的飛舞
砭骨的寒意　千絲萬縷自窗隙滲進
但心上炙燒的火
像濁流從胃室翻湧逆竄入食道
冰火相擁楚楚作痛煉獄著伊的靈魂

目送摯愛娜拉的離去　如鉛的雲壓在胸口
她猶不知　此去命運已貼上訣別的封條
反動詩人的緊箍　逼使他們的人生劈成兩爿
各自奔向瞑瞑相反的暗夜

一畦清洌池水的她　仰慕溫煦的太陽卻被烈芒灼傷
兩度滄桑的她　和伊相逢於臨時搭設的野戰醫務所
硝煙蜂起的動盪時代　黎民夾存於紅白相殘
如蟻般被剝弄踐踏
兩尾殘喘的亂世兒女　相濕相濡
深邃迷濛的眼眸　似笑彷彿又未笑的酒窩
未語已先羞怯的緋紅
伊辛苦遏制体內千百條蠕蠕欲挑的情慾
各自和家人失散後　他們在冰天雪地中重逢
追捕反革命思想的獵犬已嗅到氣息
遠天之外看得到鐵絲網乘雲朝折翼的鳥襲來
他們是兩團睽違難耐的爐火　熊熊燃起像火種與乾柴
激昂的粒線體恣意放縱的膨脹　但求擱淺在岸邊
永遠不要解纜出航
永遠停泊在對方的港灣吧
即使只是一瞬間

跋涉過千山萬水　腥風血雨初歇　雲靄不再砉砉
伊回到莫斯科　在醫院中覓得斗米
蒼茫大地　摯愛已杳　了此
蟻螻餘燼般殘生吧

伊慌忙奔下車來疾追倩影　胸膛如遭電殛　巨石錘擊早已銹蝕鈣化的
心房
伊坐赴工的電車靠站　月台上驀然驚現娜拉的身影正在前行
一日　如常的灰濛濛天空
蚊蚋的吶喊細如落葉悄然
伊頹然仆倒像一樹之轟然寂寂
夢縈魂牽的兩點今生不復疊合
可憐卿卿終究不知身後咫尺
摯愛的聲聲呼喚
人海茫茫中　猶痴痴苦尋伊的蹤影　直至杜鵑啼血
直至油盡燈滅……

7月32日

一生至少當一次傻瓜的
木村秋則的
岳父噓氣時
手裡緊緊握著一顆
後半生全家的夢

不用農藥噴灑栽種出的
蘋果是九年的汗水淚水
灌溉出來的夢的結晶
幾乎賣光岳父的田園家當
全家只剩燭火中蜷縮的寒夜和意志
手中猶帶青癟的蘋果卻是夢的窗口

絲絲穿透的溫暖的晨曦
岳父最後一口鼻息仍是堅定
懷著滿滿的希望和期待呵
一個強悍不屈的農民武士

我無力讓時間停下腳步
只能阿Q的將她定格一天
前三個月的銜枚疾走
早產兒的詩集前天完成
應可來到世間微弱而悍然
的發出喜悅的哭響
像他無性生殖的父親
橫眉冷對千夫指呢
祈禱上帝多給我這一天
好好思考如何消毒
準備器械自己引產

必要時自己剖腹取出
將他抱到也喜歡文學的
父親手中
比秋則岳父手裡最後緊握的
蘋果圓潤紅通喔

回春

源溯千山我與之較勁
穿越萬壑我與之周旋
襲奪沿路溪流我茁壯自己　成就如今版圖
少年的我　狂暴奔騰
中年的我　洶湧澎湃
如今老矣　潺緩荏苒

兩岸平原氾濫　林草蒨蒨
長空晶瑩如洗　鶯雀嚶囀
時光紋身已淡　鬥魂將熄

奄奄中青鳥來報　滔滔巨江匯納百川
已新崛起
怵然我恐淪涓涓細流

我無法像人類　電波拉皮或打賀爾猛
等待是美德　瞬間機會抓牢是智慧
我靜窺上帝意旨
當氣候劇變或造山運動再起
我血量豐沛　向下侵蝕更烈
我的逆轉輪迴又啟　從老年回春少年

我咆哮而過岸巖　淹溺擋路巨岩
這何止過癮——

蜜蜂

妳濕潤的唇輕抿　微薰著星月的芬芳
如初綻晨珠的花蕊　招來蜂的繾綣
漾滿春潮的蜜　流蕩唇邊
兩片彩蝶綢繆於眼湄之間

深深直墜的劍　卻刺穿
盈盈倚窗仰望的心

千錯

一個寂寞的暮年男子　有點耳背
臉上始終懸著一朵淺笑
他有赤鬃　和一双
終日苦練的馬腿

在四公里的馬拉松起跑線
鳴槍裁判金色的眼神
小鹿噗噗撞他的胸膛……
沿途他想著下巴遺忘的烏雲
和昨夜的獅吼

面對終點失望的母親　他泣訴
普照的陽光太耀眼
中途的花香太醉人

他的黑盒在北向的洪流中
浮浮沈沈的嗚咽著
從眼中消失——

眼袋

歲月風霜了臉
我悄悄駐足　成你閨中密友
流眄顧盼　你恆不見我的身影
仰望日漸乾涸的湖，湖畔水霧露珠滑過我
小小兩纏微癱的脂球

鏡中你端詳我　悒悒戚戚　有時怒目裂眥
忠誠恬靜如我　你仍亟盼除之後快呵
我是擺錯軌道的星球嗎？

靠近

你忙於貶低自己　大家都惋惜：其實你真很好！
我忙於捧高自己　旁人多嘀咕：應該我沒多好？

你是一朵凋萎的鮮花　腐土在向你招魂
我是一株抖擻的野草　太陽在對我招手

你是向下垂淚瘦削的鐘乳石
我是向上昂揚茁壯的石筍

上帝。請賜我接住你的力量

武士

不是帶刀的才叫武士
古代日本也有只用算盤
精算財務收支調度的武士
武士刀閃閃砉砉威風凜凜
打仗生活靠的是
人員裝備糧草缺一不可
沒有計算機的年代
這一排排珠子上下左右的撥弄
決定了城家命運的走向

華爾街大亨們掌握優秀的現代武士
以抽象無形的金融魔術

乾坤大挪移的將資金漲縮移位
堅船利砲只是擺樣子嚇人的玩具
倒霉的伊拉克只是
快過期武器的練習場
像是台灣各公家機關預算快截止的
各種名目的開會考察
務求乾淨俐落清空腸胃
海珊格達費都是嘴賤
成了兀鷹們的點心

這年頭武士很幸福
不用切腹無需砍頭
醫療科技愈發達
善用智慧和思考
就算坐輪椅臥病床
動輒近百思路還清晰

怎會嫌累像隻操控鍵盤的鬥犬
不忘隨時犒賞自己
必能狺狺歡嗥吸入最後一息
不想千百蛆虫口鼻冒出
自管仲英雄的身軀

就用火焚化作一縷輕煙
載著魂魄展開
另一次的輪迴
以夢的飛翔翅膀

醒

千萬別醒著
那只是痛苦
獨醒是罪惡
當眾人酣醉
你是獨醉的笑柄

船長要駛向金銀島
懷美好的夢我們快樂出航
晴空如洗太陽月亮輪班輝耀
水平線盡頭總在海天之外
船長說是濃霧繚繞
我們被安排觀看螢光幕上的里程表

數字雀躍的不斷揚昇
如山的金幣閃爍在遊客的眼眸
我看著海上四周的景色似常重覆呈現
是船迷失方向在兜大大的圈子
還是我恍然未醒
數字往上噴湧如火山迸發
所有的神經亢奮的放電
必我獨醉無疑

啟碇

為你明晨七點即將解纜
你小小不興的水紋　是掀天巨浪擎起我心的地球

緩緩試航於全球最完善設施的港口之一
一年後你才正式出海
浸浴在朝暾夕暉　鷗鳥隨浪濤在旋律的音符中蹁躚起舞
踏著月色　微醺於拂面輕掠的涼風
柔碎細滑的雲絮浮你於寧謐的夢中

縱有偶起的驚濤駭浪　七年磨成一劍
我駑鈍的鞘翕然閱覽

你森冽的鋒刃起落間
劈除天地八方的障翳

註：明日是你當骨科實習醫師的第一次值班　要獨力承擔　如登月的一小步　是父母心中歷史的一大步

白頭翁

晨曦將你喚醒　走近窗前
陡地——
撲撲拍翅聲　一隻揹著白色枕頭的小鳥受驚
幾度撞擊遮雨罩　情勢頗見危急
窗外不遠高處的電線上　另一隻同伴急切嘹亮的鳴叫著
困在玻璃窗和鐵窗間的小鳥受到激勵　終於覓得去路
從鐵窗格子間飛竄而出

釋然——你戲謔自語「同年的，怎不停留　和我白頭偕老呢？」
目視方才那對　許是情侶吧　站在電線上
一隻叨叨　一隻絮絮　愉悅的唱和著

帶有轉折的歌語中　似乎除了謳頌自由
還藏有悲憫鐵窗內囚徒的餘韻呢
你多皺紋的臉添了幾縷黯然

附註：白頭翁和麻雀　綠繡眼合稱　城市三俠

魚殤

躺在你的手心　微微的感受到焦灼的溫度
佈滿哀傷的血絲映照在你眼瞳
鰓幫子只能虛弱的開闔
你輕輕的托我入零亂的被窩

這一片暖和的海域如今歸我獨享
浪濤只在你用巨棍翻攪時才千堆捲起
沐浴在沁脾的空氣中摩挲
虛懸的馬達因淤塞的青苔停住了呼吸

半年前你購入三條同樣的我們
無法讓你的目光盤踞在我身上

夜黑波靜我欺身啄襲他們的尾鰭
相繼發炎病亡自非不樂見
非關嗜血非關冷血　若要分享豢寵不如孤獨死去

每天你餵食我五六回
出於疼愛或緩和焦燥無聊的反射都是無妨
忙碌中你很少換水洗淨我
在混濁中仰望你
雖呼吸不暢仍滿心歡悅

習常看你蹙眉緊盯螢光幕似心思重重
有時不安的踱步斗室之內
彷彿疲憊的征人踽踽於地球兩端
從朦朧的視窗瞻望你的悲喜我心隨之雀然愀然

辦公室的空調假日休息
今晨忍不住的燠熱
我躍下千尋的懸崖
墜落回不了頭的深谷岩地

重回水中的我臟腑已錯位　幾近只能橫躺箱底
你憂戚看我時
我立即全力振起　搖擺尾鰭報安
你童心未泯雖兩鬢已星
想確認我們心靈的契合　你三度起蹲瞄我如捉迷藏
雖每次撐起殘軀　款搖嘟噥沒事
漸漸我口中吐出一片一片泡沫的自己

耳鳴

天空的悶雷在甕內響個不停
瓦壁內水流嘩嘩細語低訴
嗤嗤——唧唧——嗡嗡——
樹蟬蟋蟀蜜蜂在甬道內敲鐃擊鈸開起派對
火車在山洞內也不甘寂寞的嗚嗚嗚笛
微弱分貝的連綿箭雨
卻是摧心穿肺的夢魘
老天，你還嫌這世界不夠紛擾嗎？

轉學軼事

烙滿怨懟的箭矢離弓
四十多年前那個叛逆青年
參與了一場台北市高中
聯合招收轉學生的小型盛宴
原先唸的是同一個城市
的高中師大附中
依規只能先退學才可報名
放棄第二轉戰第一
不啻是豪賭我沒豹膽

升高三前的暑期
各校為了大學考

都正常上課教學
為了抗議違反體制
我自動單獨放假
每天背個書包
到三重三和戲院看
三部二輪片不清場
太陽尚未全熟進去
出來時星月溶溶
每日昏天暗地卻也
奠下小小文學底子

開學前返校日
我去參加升旗典禮
教官瞧見來了稀客
下達驅逐出境因
曠課過多操行當掉

退了學老天憐憫
這失魂羔羊
報名倖未交臂
赴考首日鈴聲未響
我坐次排前座塊頭
很大穿黑色無袖內衣
那廝轉過頭來
兄弟！我屏東來的
只想上個學校混完
幫幫忙試卷斜放前頭
他脖子垂一骷髏項鍊
望而敬畏七分
連第一堂的國文作文
他都幾近斜趴照抄
好像在影印一般
監考都是同一位

嬌小的女老師
全神貫注看報紙
無比愛心全面配合
三人完美搭檔

放榜時抬頭榜單上
第一個就看到我
不免飄飄然想到
高二那位後來考上
台大物理的同學
多次撫挲丈量我的後腦勺
摳了幾下外殼像在鑑定
令他垂涎的西瓜

開學當天震驚出現
那廝趨前握手致意

表達合作愉快
天啊那門子合作
不就夾帶個影子
校慶運動場上看他
成了標槍鉛球選手
好不風光看到我
似乎很生疏
我成就了陌生人
卻剝奪了另一個
陌生人的機會
是老天給我的懲罰吧
我參加了三次聯考
最後還是以不到一分
怔怔癡望著台大醫科
一向好爭第一的我
消沉了很多年

直到長男替我雪恨
一次即輕騎激爽高躍
至於春秋已高的我
只好認了孔丘的話
文勝於質備多力分
梧鼠之流
不亦宜乎？

狼與鷹的擁抱——狼王夢有感

即將冷卻的灰燼
有你枯葉般無聲的掉落
成就我最後的燃燒
利爪刺入背脊
拆心折骨的痛
比起愛兒在家門口被你叼走的喪子之痛
這只是小小的承受
被拖上空中垂暮的我
所有的掙扎宛如打在棉絮
耳畔颺起獵獵寒風
仄視下方的亂石灘

是我絕命終結的砧板
我會是自由落體的肉塊

雖然沒有ＤＮＡ的直接證據
但這一帶的領空你是
唯一的王者也該是無疑的兇手
你我皆年邁如今獵人與獵物
對於睥睨橫行北方草原的我更添羞辱
你頡頏翻騰試圖逼我暈昏
我老謀深算刻意蓄積餘力
在拋擲前的剎那
像停住的風帆
趁著空氣僵固的瞬間
我的後腿往上最後一勾
死命纏住你的背脊
你又驚又怒不斷啄我雙眼

雖然血流汩汩
我已抱同歸於盡的決心
抓狂咬住翅膀
就這樣
我們被迫熱烈的擁抱糾纏
加倍速度的下墜
像兩顆星球的對撞

蜘蛛

後院大樹上有大小顏色不同的各型蜘蛛
分踞粗細不一的各個枝頭
其中某一枝頭的末梢一撮樹葉間住著兩隻蜘蛛
流著古早相同祖先的血液但外型大小懸殊

雌的黑寡婦體大但血色萎頓
先前嫌自己形醜做了一次徹底的整形手術和全身換血
但千年的軀體起了嚴峻排斥幾乎休克送命
雄的喚藍公公體小但精氣尚足

源出同枝的他們互相宣稱
擁有對方身體的權利

基於顏面互不相讓互不接觸
只是不時的互噴毒液嚇唬對方

逐漸的因為陽光水分營養的各種攝取
他們覺得互相需要
釋出和解的費洛蒙後氣味對了
雙方激烈的交配用顛龍倒鳳
填補半個世紀的空虛飢渴

雄的畢竟體小源頭不足
雖然努力從葉梢汲取藍色露液提煉自日月精華
日愈形容枯槁他猶不知
不斷蘸吮迷幻醉霧
讓所有細胞亢奮所有器官安逸

黑寡婦工於心計
除了源源不竭笑納藍公公精血

她還劈腿了遠自大洋對岸
暫棲另一枝頭的大白公蛛
和許多小白公蛛
傳說來自唯一沒有沙漠的一塊大陸

蓄精養銳了幾年
黑寡婦默默的承受著
壓在上頭走馬燈般不同的身軀
露出曖昧的笑
形體更加膨脹氣色更加紅通
快足可較量大白公蛛

藍公公猶幻覺自己起碼保有外強中乾的形象
殊不知出生以來
定期要向大白公蛛捐血當作保護費
長年下來已是暗傷鬱沉

這些年的沉溺交歡
氣血河流近乎乾涸

黑寡婦看著河床光禿見底的他
再不收割怕只剩標本了
她張開血盆大口——
在最後一次的熱情擁吻中

末路

清晨涼風習習
天空沒有旌旗旆旆
只是兩朵野雲無心的嬉遊
近處一排白楊閒閒搖曳
稍遠往常嗚咽的小河
嫌疑的沉默著

兩年前同樣的小山丘
面對同樣的兩兄弟
當時體力不再顛峰
餘威仍將他們逼退
眼前對手的鬃毛

更加茂密油亮
陽光下示威的閃耀
入他的眼中
心裡打了個哆嗦
交會迎面而來的
自信鄙夷的寒光

不是沒有咆哮過天際
五年來他的吼聲狂厲
草原為之顫抖畏縮
他接收的和聞風歸順的
八個妻妾
為他生下了二十幾胎
三歲大的雄娃就得逐出領疆
獨立生活在外圍的他們

仍受到他的關心和接濟
但族類基因無法對抗
出走的孩子多以冷漠回應

斜看慵懶躺在下方草原的妻妾和
不知橫禍降臨猶愉悅玩鬧
的幼囝
原可嚥下自尊
夾著尾巴落荒而去
所謂卿卿也只是
漠然冷視的觀眾
黯然敗逃子嗣唯有
被全數撲殺的命運
縱然死神已殷殷問候
他但求賭命一搏

四道森然刀樣升起的光
伴隨對峙那方仰天淒絕
宣告易幟的長吼
老獅王奮力回擊
吼出的卻只是沙啞的
兩聲乾咳

兩簇黑影遮天蔽日
迎面撲來——

瓦斯

疲憊於免費的氧氣
厭倦了努力維持的立姿
決然抖落族類的喧囂
蒼白的漂泊在無色撲鼻的氤氳
橫躺成一株莊嚴的玫瑰
靜待另一個命運的輪迴

巔峰之前——敬勉勇於挑戰的女強人

你的舞台架設在峻巁之上
勢必定可端出一齣齣好戲
若機會之神頷首允你登台
台下卻有磷磷篝火圈繞著
閃閃綠光掩蓋住墨藍夜空

皚皚冰雪千層覆蓋谷坳
你的熱情如何融化穿透
荒徑鋪滿落葉萎弱殘輝
無力拂照紮根未牢勁草
夜梟盤旋低空淒厲欲啄
見日撥雲恐賴馮婦重做

項莊舞劍無妨志在沛公
戲棚久站站出德川家康

肥料

不是說　上帝總在你困頓時
為你造一扇窗　但要你
用心的　有時帶著玩世不恭笑罵由人的堅持
去搜尋打開它

我是一棵松柏　每當蟲噬鳥啄風狂雨暴徬徨無助
上帝是個好園丁
總為我施加詩的肥料
我得以搖晃中
堅挺的伸長手臂擊向藍天
後凋於歲寒

父與子

渥丹的臉已漸槁木　寥落的星星取代田田的黟黑
插天的山嶽迤邐超越了一世紀
頑抗雨橫風狂的侵蝕
即使墜入黑色的遺忘
你仍悍拒垂落的天梯
生與死是美麗的夏花和秋葉
同屬生命的循環　一如走路
腳的抬起既是　腳的放下也是
你是白日將盡的黃昏
在一抹夕陽的斜暉脈脈中
我提著你早已為我們點的燈
穿越暴風雨的崎嶇黑暗小徑

走過荒蕪歲月的炙燙沙漠
達到成就你的榮耀彰顯在我身上的時刻
蟄伏了一甲子的淬煉
早已電光霍霍
為了保護我劍鋒的利
劍鞘的你甘心於自己的鈍
這世界的燈都滅了又何妨
只要你在我心中那一盞
依然亮著
我傳遞但突變了來自你的ＤＮＡ
從謙卑到猖狂
我是大口吃肉的廉頗
無懼天打雷劈的矗立
甚麼風化我都不怕

候選人

一位可愛的熟女朋友她的可愛媽咪在百貨公司看到對方候選人的可愛
妻子的可愛笑靨並握到她的可愛柔夷的小手後決定
年底將神聖一票投給對方候選人
雖然她媽咪不喜歡這個城市的天空
老是灰灰藍藍的
聽到這個訊息的彼時　窗外烏烏甸甸的雲層倏地飄下紅紅的細雨
我也懷念綠色如茵的草原

你自比只看終點目標的烏龜
心無旁騖　專注堅定　慢慢的爬
終究勝過不斷回頭
過度在意你的兔子

很欣賞你的務實小確幸　馬路和電燈等雞毛蒜皮
不唬爛浮華彩虹藍圖　紐約巴黎璀璨的海市蜃樓

考上我的母校　隔年才如願以償進台大
說甚麼迄今最失敗的是
但你常嘴巴比大腦快

就算事實
也太素人的傷一票人自尊吧
換做他人早被我唾棄　投票時該
含淚顫抖的押你　抑或
學那舞女　甲伊——當作眠夢
看對方的相片　想成伊可愛妻子迷死人的笑容
慘慘的熊熊的　在伊的下面壓下去
我可惡的理性在逼迫我呢
說這隻烏龜　好歹也是
我兒子的學長和老師呀

我是沒有意識形態的
一切看感覺喲

父親如是說

午寐半睡半醒惺忪之際
恍惚父親來入夢
人要滾兩（台音）雞要喰（台音），您說：
是的是的，六十歲以前的您不就這樣翻滾突圍嗎
可惜啊，六十以後您得了慢性肺阻塞　加上無端政治官司纏累
沒料到自己多活了健康的四十年　在人生的道路上
頹然如鬥敗的公雞　您怯於鼓翅翻騰
虛擲了半把歲月　早知道還有清楚的四十年；您神色晦闇喟嘆自語

是的是的　早知道
不要算計還有多久你得長眠　那是天父的安排
在世間縱餘一瞬　你仍須榮耀祂的光照

我感恩青要勝於藍
您事業上的挫敗
是我最烈的助燃
隨時隨地的思考
不斷學習擴大視野
即便是末代武士
也要傲然的挺立死去
何況我是灰燼中
復活的火鳳凰
嘿嘿的　狡猾的
長嘯於九天　或許還有四十年
但縱使你再優秀　仍有人不屑一顧
那又何妨！

商品

你歛翅乏力的吶喊
不公不公
聲帶有點打結
引聖經路加福音
有人打我左臉
右臉奉上
有人奪我外套
內衣與之
富而好禮
流著龍族優雅謙卑的血

堅持在眾黑略白高聳叢林中
你是一株氣喘吁吁的黃
最後都要化為齏粉
你從礫石中千琢萬磨
抓住火箭昇空一瞬
蛻變成熠熠閃耀的鑽石

你的豪門身價
光薪資勝過二十個
台灣最高收入醫生的總和
是大老闆掌心的珍玩
市場中有行有市
隨時打包的商品

當今各家都想摘甜瓜
你的球衣號碼被盜刷

與其網路噙淚訴委屈
不如切記成色尚不足

不是生化機器
沒有絕殺妙技
籃框經常加蓋
不如閉門苦練
莫要飛來飛去

蛹化百步穿楊的花蝴蝶
來瘋駕法國小跑車
輾碎擋路瑜亮黑瓜

鳳仙花

妳從千年前的希臘仙界池邐走來
只因少了一顆蘋果在餐桌上
妳被謫到凡間
為那不長在身上的第三隻手

大紅大紫楚楚的開
只要輕觸肌膚就忙不迭的
吐出千百粒的冤屈

活在此地當下妳總算走運啦
我們有三級三審的裁判
避免無所不在的恐龍法曹誤陷

雖然正義經常遲來
但不會讓妳再拖千年
不怕遇到不食人間煙火的小龍女
當庭要扣押吹奏愛情的喇叭
不怕遇到揩乾抹淨油脂的肥董卓
威脅恫嚇輸贏端看提錢來講

活在人們心中的黑包拯會為妳主持公道
只是偷偷的給妳輕輕叮嚀
他的個性比妳還急
為了有效率實現正義
難免會刑求逼供
偶爾會——
製造冤案

青螞蟻

我著橘黃春衫　頭胸頂罩藏青的甲冑
我乃穿梭不懈的傭兵　倥傯於路途
四月的落雨霪霪　間有滂沱
風神也來助拳　吐納翻攪驛動的心思

似鷹的急馳　我恒昂然向上
如葵之向陽　我渴望膜拜心底光神
我乘猶寒的月色　攀緣掠入無數細細痲痲的鋼絲隙縫
來到聖殿小棧　瞻仰的心得以解放
凝眼龕席旁　有仰臥的神祇
澹澹流雲般的眠偎　挑起我捉狹的童興
我怡怡的滑草在神的巍峨軀體的大地

響出悉悉的微息　但彼之本體仍感稍末至渺的餘漾
那不符比例原則的撩撥啊　我付出褻瀆的代價
濺曳的汁液釀染大地　劃出一朵瑰紅的雲彩
宇宙的微塵薰成一道虹徽
我底黯然的靈魂　稍能竊喜的佇立

遊目在鄉野那駝立老醫漾滿春意的笑靨　那羅雀的診間添了許多天外驅來的嬌客
手執的壺雀雀高懸　拊耳聽伊說端詳：　青蟻本身無毒　若陷皮表
只要輕輕吹走　體液不沾皮膚　就不致引發過敏
樸克著臉　卻熱血洗冤　像家鄉芋泥　外冷內燙
我底遊魂願化作群簇星芒　一路亮伊

夜空張一彎薄月　已近崦嵫　天兀自寒寒
這很平常的夜　這命宿的旅程　我不悔
不悔不該的邂逅

清晨的陽台

失眠的公雞總啼我至
客廳前的陽台
在這小鎮高樓的清晨
左手不遠處
成排的山巒
已著上翠綠戎裝
精神抖擻供我檢閱

右手極遠方
龜山島浮在雲層上
太陽躲在旁邊下方孕育著

突然從海面往上蹦出圓圓大大
金紅色的蛋黃

清涼乾淨的風舒展我的肺葉
宇宙吐納在我的呼吸
這至甘極暢的美
溫柔的撞進我的胸懷
療癒昨日所有的煩憂
我忻悅昂揚的
整裝再上
人生的戰場
每一步履都引起
地殼小小的震動

You Bike——黃鐵馬

我是連鎖制服酒店的小姐　穿黃色套裝招搖於街巷
老鴇定期彩妝我們　施打荷爾蒙
騎在我身軀上的這人那人　胯下磨蹭著　揮鞭驅我嘶嘶吐信
當咽喉被掐時　只好長繭般吶喊
在喧囂中

我疲憊於張三李四　沒有例假
深夜時我方囫圇小立
星星對我眨眼傾訴　月光溫柔撫慰我的傷口

明日我仍須怒放生命的餘花
在鬧徑

但此頃　在黑的夢鄉中
我沒有重量　我是——
自由的

同學會

我們七年飲橘井的甘泉
在神農坡的同一屋簷下
胸懷日愈遼闊
心房更加柔軟
一百一拾株幼苗化育成大樹

並非都能插天高聳
但皆傲然挺立
這一片崢嶸的杏林中我們有
擘劃執掌全國防疫的署長
榮膺多所大學及醫院的正副校長院長
執醫界牛耳的教授學者

生物科技的熠熠巨星
雕鑿美體的神之聖手
鎮戍各隅的醫療將帥

我們牢固的紮根自己的泥土
緊緊的以氣根一個一個相互纏握
會中輕輕低喚你們好聽響亮的名字：
昆裕、俊偉、自強、南榮、宏泰、德燦、震寰、志龍、君州、冠文、
聰敏……

我是唯一長歪的莠草
暮年才醒悟習醫者應
臉笑嘴甜腰軟手腳快
盼望自己終有能耐
伸出堅實的鬚根和你們

密密的緊握
無畏狂風暴雨的侵襲

金甲蟲

歲月的河流淌了半世紀
孵掉了浮生瑰麗的夢
退伍後就到台北這家期貨公司
擔任營業員像個金甲蟲樂園
鼓如簧的舌的織夢者

金甲蟲在左耳膜嗡嗡嗡……
金甲蟲在右耳膜嗡嗡嗡……
眼前四面金甲蟲嗡嗡嗡……
腦後八方金甲蟲嗡嗡嗡……

輕易的總能撈到幾隻
胃口大了想抓更大的

露出猙獰血口反啃噬
不重傷飲恨而退幾稀
江湖夜雨熄十年孤燈

我的客戶像走馬燈
前浪仆倒後浪繼起
人性的貪婪像羊群
追逐懸崖邊的彩虹

人生宿命如終極磁場
我雖旁觀戮力冷靜自持
火的誘惑終究
燃起飛蛾赴死的慾望
美麗的焚燒也不免
讓我遍體鱗傷

金甲蟲，你是蟄伏人們心中的蟲——

地心引力——電影『地心引力』觀後

漂流於太空的遼敻孤寂
希望我們的關係
像隨著圓周運轉的兩股ＤＮＡ
緊緊纏繞，永無盡頭
但隨著時空，地心引力會衰退
離心力會將我們拋出
我會用堅毅和智慧
飄浮回球面
就算最後是單飛
也不苛求你同行

夏蟬

是去夏的故蟬
來我窗外依偎的
筆直高抵三樓的黑板樹上
戰鼓鼕鼕嗎

昏昏欲眩的酷陽下
那些性致勃勃的雄蟬
亢奮的敲打腹部的樂器
為傳遞香火的祖訓而戰嗎

我盹入歷史的小徑
先是被周瑜江上火焚

眼下又遭關羽圍剿
華容道上我眉髭盡灰
烏雲遍撒網罟
箭矢如雨紛紛
我還能倉皇北顧嗎

驚悚而寤冷汗淋淋
夜渡冰河凜冽孤窘
夏蟬可共鳴我心的跫音嗎

母親

母親的大腦腦迴
萎縮程度更甚於父親
電腦斷層如是說
父親102，母親94

你現在是當衛生局長吧
可別太靠勢
那是二十多年前的職務了
您語帶關切有些憂慮
我一向的莽撞
有燦然的陽光初綻在
您嬰兒的臉天真得意的笑

夢中曾經最盛開的花朵吧
您暗中熱愛政治但二二八的
驚嚇退縮還原為繭蛹的寒蟬

你是哪位？
剛剛才聊了好一會兒
父親開始又不認識我了
偶而動手攻擊母親的額頭
母親氣不過在您肘上捏了一把
脆弱的皮膚留下瘀青

這裡是台北嗎？
平常住老家礁溪的母親
因感冒發燒勉強同意
暫住宜蘭我們就近照料
連續兩晚回到宜蘭家中

她都這麼問
我心頭一陣涼
懷著一顆早晚要爆的炸彈
但別這麼快就不認識我呀
我和母親最親近
小時家窮常躲在廚房
獨享她為我偷煎的一顆荷包蛋
避開姊妹們的耳目如嚐鮮的貓

今晨如常的回去探望父親
心中其實更渴盼的是母親
她在對面老屋誦經
轉身看我時
臉上怎的一塊白色異物
輕輕幫她撢除
母親才想起是醒來塗抹不勻的面油

記憶中不曾撫挲過母親
慈祥佈滿皺紋的臉
因我木訥靦腆於愛的表達
只能在心中呼喚：
母親，您要一直認得我呀

國家圖書館出版品預行編目

小鎮醫生的受刑人 / 吳盧稔著. -- 一版. -- 宜蘭市：吳盧稔, 2014.08
面； 公分
POD版
ISBN 978-957-43-1744-8 (平裝)

851.486 103016889

小鎮醫生的受刑人

作　　者 / 吳盧稔
圖文排版 / 周妤靜
封面設計 / 陳佩蓉

出　　版 / 吳盧稔
宜蘭市復興路32號
0933-770-780
印　　製 / 秀威資訊科技股份有限公司
114台北市內湖區瑞光路76巷65號1樓
電話：+886-2-2796-3638　傳真：+886-2-2796-1377
http://www.showwe.com.tw

出版日期：2014年8月　POD一版
定價：140元
版權所有　翻印必究

Printed in Taiwan
All Rights Reserved